图书在版编目（CIP）数据

啪！蚊子 /（法）杰罗姆·卡米尔著绘；七月译 . -- 乌鲁木齐：新疆青少年出版社，2023.2（2024.5 重印）
（万万没想到系列）
ISBN 978-7-5590-9023-2

Ⅰ . ①啪… Ⅱ . ①杰… ②七… Ⅲ . ①儿童故事 – 图画故事 – 法国 – 现代 Ⅳ . ① I565.85

中国版本图书馆 CIP 数据核字 (2022) 第 210828 号

版权登记：图字 29-2022-013 号

啪！蚊子
PA! WENZI
[法] 杰罗姆·卡米尔 / 著绘　七月 / 译

出 版 人：徐 江　　　　　　　策　　划：许国萍
责任编辑：何伊崇　　　　　　　美术编辑：张春艳　邓志平
法律顾问：王冠华 18699089007

出版发行：新疆青少年出版社有限公司
地　　址：乌鲁木齐市北京北路 29 号（邮编：830012）
经　　销：全国新华书店
印　　制：河北彩和坊印刷有限公司

开　　本：889mm × 1194mm 1/16　　　印　　张：2.5
字　　数：3 千字　　　　　　　　　　　版　　次：2023 年 2 月第 1 版
印　　次：2024 年 5 月第 3 次印刷　　　印　　数：8 001—11 000 册
书　　号：ISBN 978-7-5590-9023-2　　　定　　价：42.00 元

制售盗版必究 举报查实奖励：0991-6239216　版权保护办公室举报电话：0991-6239216
服务热线：010-58235012　010-84853493　如有印刷装订质量问题，印刷厂负责调换

啪！蚊子

[法] 杰罗姆·卡米尔 / 著绘　七月 / 译

CHISO　新疆青少年出版社

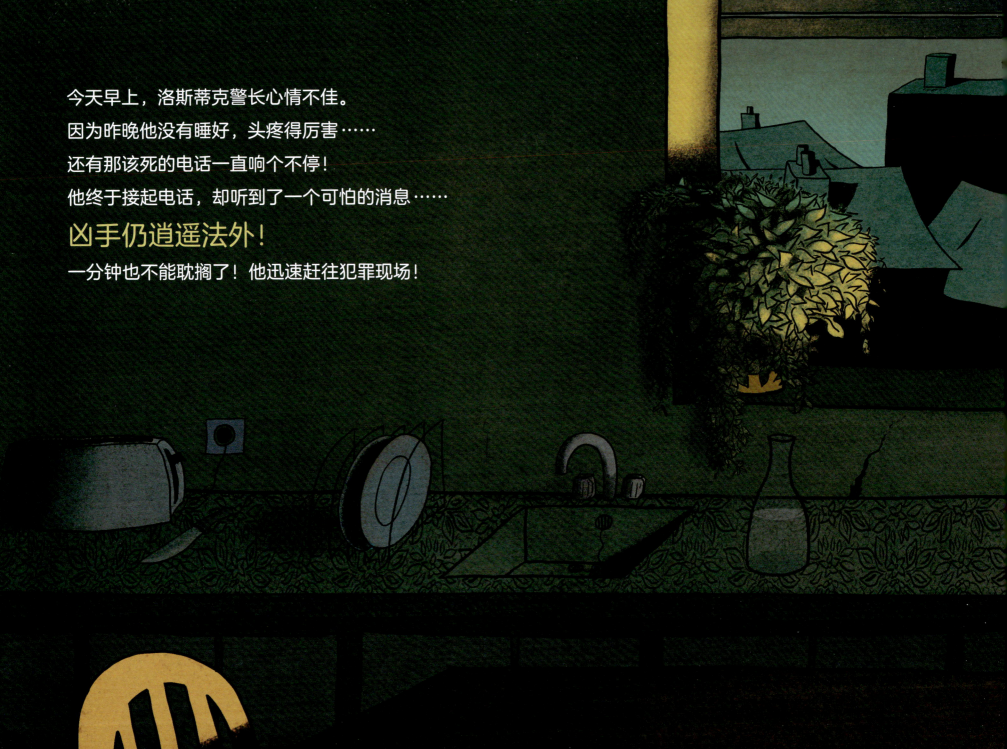

今天早上，洛斯蒂克警长心情不佳。

因为昨晚他没有睡好，头疼得厉害……

还有那该死的电话一直响个不停！

他终于接起电话，却听到了一个可怕的消息……

凶手仍逍遥法外！

一分钟也不能耽搁了！他迅速赶往犯罪现场！

洛斯蒂克警长到达现场时，

见到了他的助手利普斯迪克。

"有什么新发现吗？"

"情况不妙啊，长官！您最好亲自看看……

这已经是本周的第六名受害者了！"

"看看这摊血迹！
长官，太可怕了！"

"没错……
你调查过现场了吗？"

"调查过了，长官！被害者周围
又是这个奇怪的形状，与前几次
一模一样！这究竟是什么呢？"

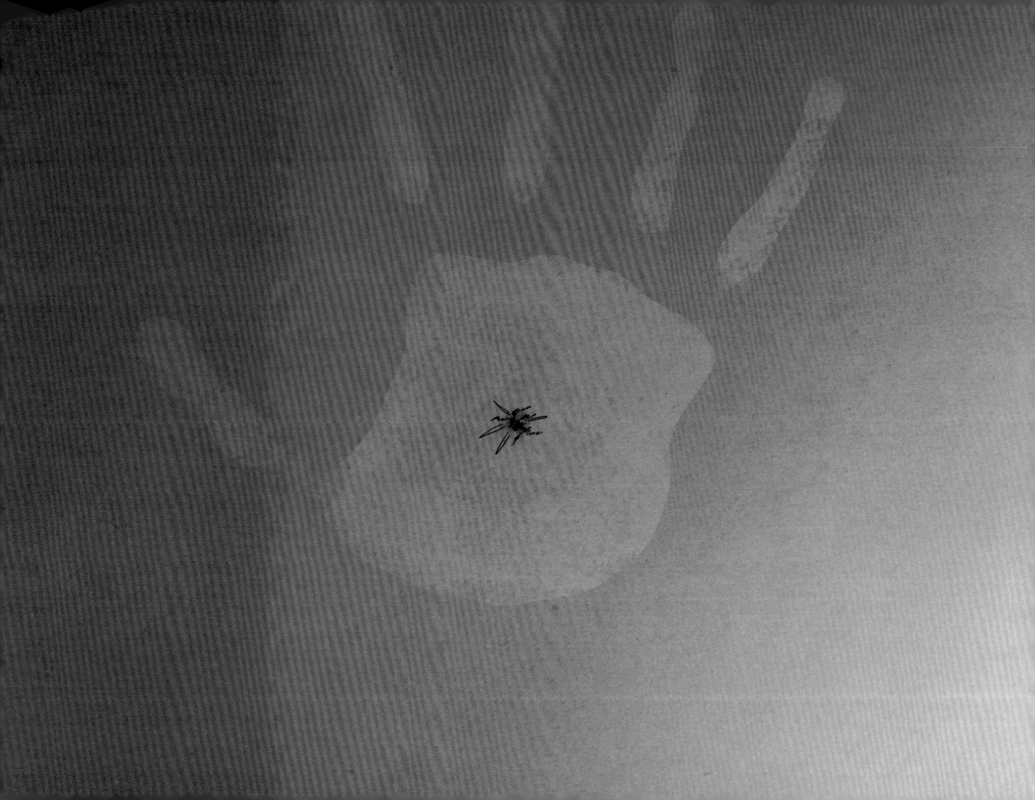

"我不知道，利普斯迪克……但请相信我……
我一定会调查清楚这只可怜的蚊子遇害的真相，
否则我就不叫**洛斯蒂克警官**！
嘿，打起精神来！去问问目击者！"

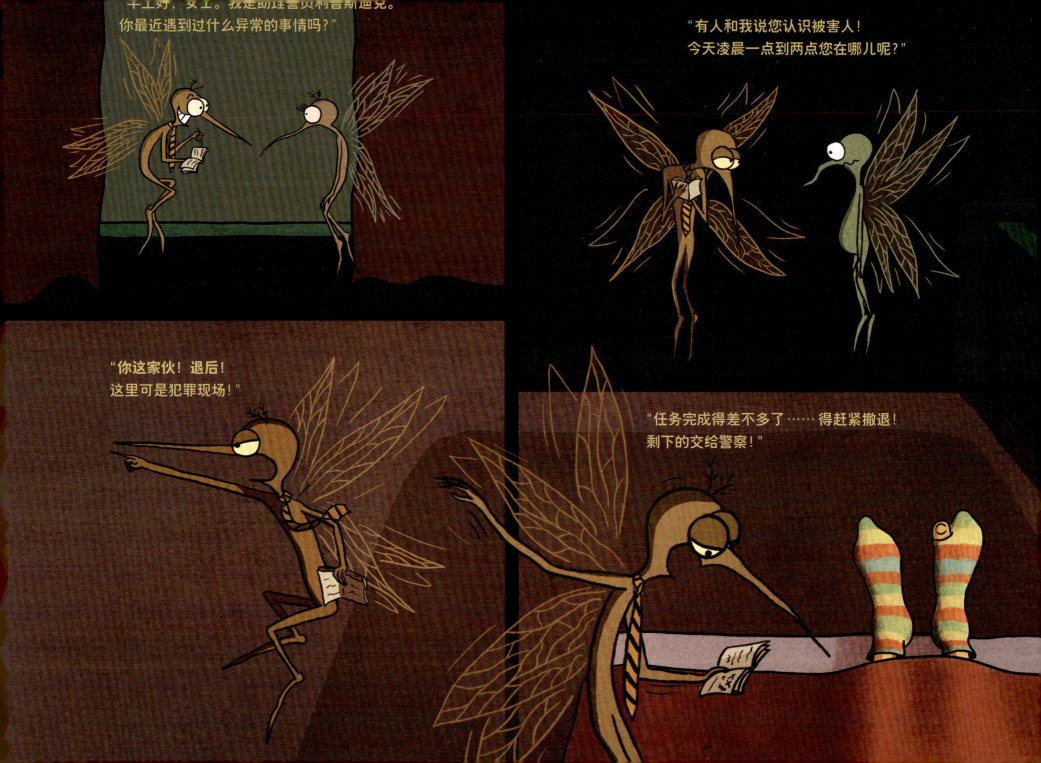

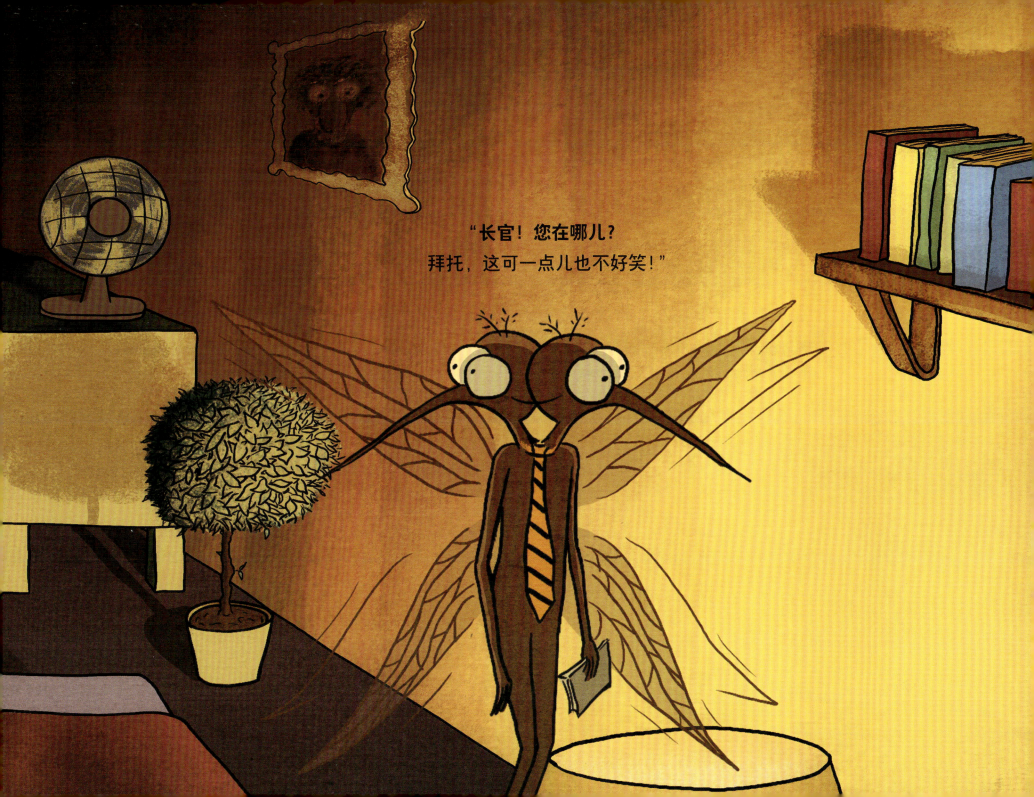

"您可来了！
所有目击者都指向了同一个线索。
当天夜里，他们都听到了''的一声巨响……
除此之外，暂无其他线索。

呃……长官，您怎么看？"

"利普斯迪克，我想
我知道事情的真相了！
瞧！
其实答案从一开始就在
我们眼皮子底下！

得了，跟上来……
我来解释给你听。"

"受害者从窗户进入房间，见到人类安静地躺在床上，于是她……

她想痛痛快快地饱餐一顿。长官？"

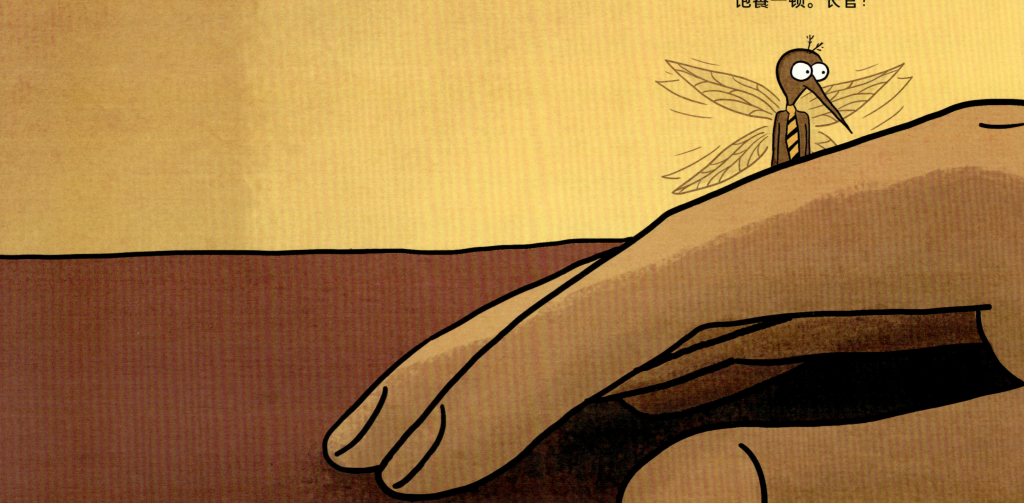

"确实如此!
先是从手臂开始……
就像这样!"

噗呲咳呲噗呲咳呲!

"然后，她绕了一小圈，
飞到鼻子上……像这样！"

噗呲咳呲噗呲咳呲！

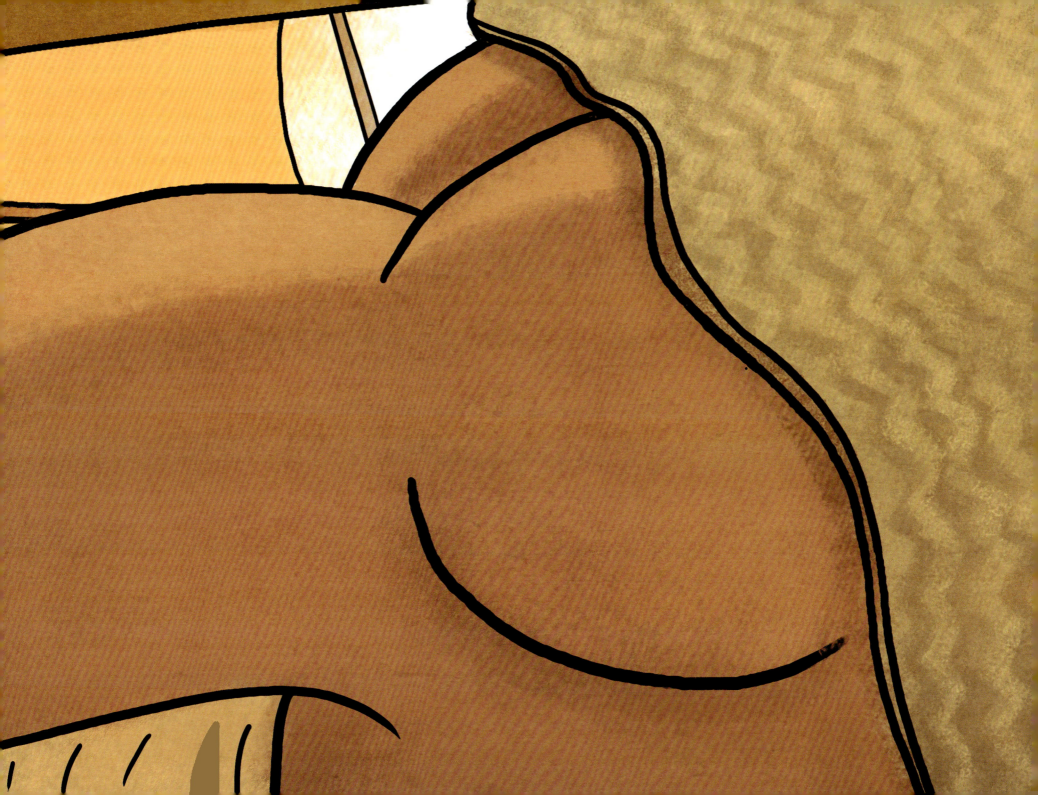

"最后，她吹着口哨飞到耳朵附近……
人类开始扭动身体，然后她顺势……

在两个脚趾之间
叮了一口，长官！"

"吃饱喝足后，我们的蚊子女士
径直飞向窗户，准备回家……"

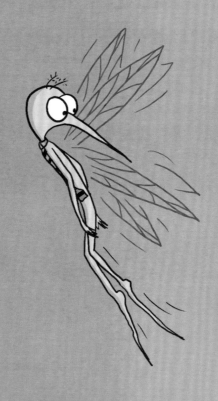

"可她大意了，一不留神
离电风扇太近了！

"大风的强劲气流
把她吹向了书架……

剩下的应该不难猜到！

"这不难解释，亲爱的利普斯迪克！
在遥远的过去，人类常在墙上画些奇怪的图案。
这个图案很久以前就在那里。
这就是全部真相！"

"最后，我总结一下······

洛斯蒂克一出手，
没有什么是解决不了的，

真相立马水落石出！"

小 彩 蛋

"研究人员花了大量的时间
试图回答这个问题。
这属于艺术吗？
还是种神奇的符号？
或者是一种书写方式？
没有人知道，这个问题可能永远
不会有答案。"

"老师，为什么在过去，人们
要在墙上乱涂乱画呢？"